Petit
Poucet

Collection dirigée par
Stéphanie Durand

D1367114

PIERRETTE DUBÉ

ILLUSTRATIONS DE JEAN-LUC TRUDEL

FLIC ET AGATHA

La Mystérieuse Affaire des casquettes

Québec Amérique

Projet dirigé par Stéphanie Durand, éditrice

Conception graphique : Julie Villemaire
Révision linguistique : Sophie Sainte-Marie
Illustrations : Jean-Luc Trudel

Québec Amérique
329, rue de la Commune Ouest, 3ᵉ étage
Montréal (Québec) Canada H2Y 2E1
Téléphone : 514 499-3000, télécopieur : 514 499-3010

Nous reconnaissons l'aide financière du gouvernement du Canada par l'entremise du Fonds du livre du Canada pour nos activités d'édition.

Nous remercions le Conseil des arts du Canada de son soutien. L'an dernier, le Conseil a investi 157 millions de dollars pour mettre de l'art dans la vie des Canadiennes et des Canadiens de tout le pays.

Nous tenons également à remercier la SODEC pour son appui financier. Gouvernement du Québec – Programme de crédit d'impôt pour l'édition de livres – Gestion SODEC.

  Conseil des arts Canada Council du Canada for the Arts — SODEC Québec

Catalogage avant publication de Bibliothèque et Archives nationales du Québec et Bibliothèque et Archives Canada

Dubé, Pierrette
La mystérieuse affaire des casquettes
(Flic et Agatha ; 1)
(Petit Poucet)
Pour les jeunes.
ISBN 978-2-7644-3044-6 (Version imprimée)
ISBN 978-2-7644-3045-3 (PDF)
ISBN 978-2-7644-3046-0 (ePub)
I. Trudel, Jean-Luc. II. Titre. III. Collection : Petit Poucet.
PS8557.U232M97 2016   jC843'.54   C2015-941919-0
PS9557.U232M97 2016

Dépôt légal, Bibliothèque et Archives nationales du Québec, 2016
Dépôt légal, Bibliothèque et Archives du Canada, 2016

Imprimé en Malaisie

À mon père, auteur méconnu
de nos légendes familiales…
Pierrette

CHAPITRE 1
MON HUMAINE ET MOI

Par un paisible matin d'automne, un chien promène une vieille dame. Le chien, c'est moi ! Mais n'allez pas imaginer que je suis un banal animal de compagnie… Ce serait une grossière erreur !

Je m'appelle **FLIC** et je suis un authentique chihuahua à poil court !

Je suis un peu frileux, c'est pourquoi je ne sors jamais sans mon petit **MANTEAU À CARREAUX**. À vrai dire, il y a une autre raison. Je trouve que ce manteau me distingue des vulgaires cabots.

La vieille dame que je promène est aussi très ÉLÉGANTE. Elle marche à grandes enjambées, faisant voler les pans de sa jupe à plis. Je gambade devant, et elle me suit. Elle prétend qu'elle est ma maîtresse, et je ne l'ai jamais contredite.

En fait, je ne l'ai pas choisie. Je l'ai trouvée. Elle avait l'air perdu, alors je l'ai adoptée.

Je ne l'ai pas regretté. Je suis très fière de ma maîtresse, DAME AGATHA BISCUIT. Ce n'est pas une vieille dame comme les autres. Dans sa vie, elle a exercé tous les métiers. Elle a été aide-infirmière, journaliste, conductrice de tramway, puis responsable des archives policières à l'**Unité des Enquêtes Très Compliquées**. Elle a été mariée trois fois. Les trois pauvres hommes sont décédés. Sa fille unique, l'excentrique Jessica, vit en Australie. Enfin, c'est ce que ma maîtresse m'a raconté. Nous nous parlons beaucoup, elle et moi, chacun à sa manière. Elle avec des mots, moi autrement, mais nous nous comprenons très bien.

Depuis qu'elle a quitté le service de police, dame Agatha a réalisé son rêve : ouvrir sa propre agence de détectives privés. Comme elle est indépendante de fortune, il lui arrive d'enquêter pour le plaisir, sans se faire payer. Moi, Flic, je suis son assistant. Ensemble, nous formons un duo du tonnerre : **FLIC ET AGATHA, L'ÉQUIPE QUI A DU FLAIR !**

Une fois au parc, ma maîtresse prend place sur une chaise, et je bondis sur ses genoux.

— Bon ! dit-elle en ouvrant le journal du matin. Quoi de neuf aujourd'hui ?

Pendant qu'elle se concentre sur les grands titres, moi, je survole les petites rubriques en bas de page. Tiens! Voilà un article intéressant. Je le signale d'un coup de patte.

Une étrange disparition

La fin de semaine dernière avait lieu le Festival de l'automne au parc municipal. Toutes sortes d'activités étaient organisées, mais le grand concert de la fanfare de la ville, **Les Cymbales de Saint-Archibald,** était l'événement le plus attendu. Au centre communautaire, quand est venu le moment d'enfiler leur uniforme, les musiciens ont constaté que leurs casquettes avaient disparu! Ils ont dû donner leur concert tête nue!

Le directeur de la fanfare, **M. GroSSeCaiSSe**, nous a confié: «Pour nous, c'est la catastrophe! Il faut absolument récupérer les casquettes avant la Grande Compétition nationale des fanfares locales, qui aura lieu la semaine prochaine. Lorsqu'ils n'ont pas leurs casquettes, mes musiciens sont nerveux et se mettent à jouer faux!»

Où sont passées les **Casquettes?** Le mystère persiste...

· ·

— **HUM, INTÉRESSANT !** murmure dame Agatha en ajustant ses lunettes. Cette histoire me turlupine.

Je sais ce que cela veut dire. Je tire sur sa laisse.

— Tu as raison, Flic, cette affaire est pour nous ! En route pour le centre communautaire ! annonce-t-elle.

CHAPITRE 2

L'ARME SECRÈTE D'AGATHA

Sur place, Roméo le concierge et sa chienne LOULOU nous bloquent le passage :

— Défense d'entrer, sur ordre du sergent-détective Duquette. C'est une SCÈNE DE CRIME !

Pendant que je fais les yeux doux à Loulou, une très mignonne chienne de

Poméranie, ma maîtresse utilise son arme secrète : SES RELATIONS !

Roméo est le frère de Gaston. Gaston est le fiancé de Georgette. Georgette est la tante de Gustave. Gustave est le petit-fils d'Ernestine. Ernestine est la marraine de Jules, qui vient de se faire enlever les amygdales. Elle est aussi la voisine et la grande amie d'Agatha.

— Avez-vous des nouvelles de Jules ? demande dame Agatha. Il va mieux, j'espère.

Après une bonne demi-heure d'entretien amical, pendant laquelle il est question de la santé de **Jules** ainsi que d'**Ernestine**, de **Gustave**, de **Georgette** et de **Gaston**, la résistance de **Roméo** a diminué. Après quelques minutes de discussion supplémentaires sur ses cors aux pieds, Roméo finit par céder.

— Vous pouvez entrer. Mais faites vite. Et surtout, pas un mot au sergent Duquette.

Le SERGENT DUQUETTE, auparavant simple policier, a été nommé détective il y a quelques mois. Il prend son rôle très au sérieux !

Pendant que dame Agatha s'empare d'un programme du FESTIVAL DE L'AUTOMNE et qu'elle examine attentivement les lieux en prenant des notes dans son carnet, moi, je renifle un peu partout.

Il y a des **TRACES DE BOUE** sur le plancher. Ma maîtresse en fait un croquis dans son carnet.

— Flic, mon ami, dit dame Agatha, celui qui a laissé ces traces a un point commun avec toi : il marche à quatre pattes.

Il a peut-être quatre pattes, mais mon museau me dit que cet intrus n'est pas un chien. Il a laissé sur le plancher une bien drôle d'odeur… Évidemment, **J'AI DU NEZ, DU PIF, DU FLAIR !**

CHAPITRE 3

DES INDICES...
SUCCULENTS !

La vitre d'une des fenêtres arrière a été fracassée.

— Allons jeter un coup d'œil à l'extérieur, Flic, dit dame Agatha. Quelqu'un est sûrement passé par cette fenêtre.

Dans la terre humide, sous la fenêtre, il y a d'énormes empreintes de chaussures. Dame Agatha en fait un décalque.

— Le coupable a décidément de très grands pieds, remarque-t-elle. **DES PIEDS DE GÉANT !**

J'avoue que je ne l'écoute pas. Je suis bien trop occupé !

— Qu'est-ce que tu as dans la gueule, Flic ? me demande ma maîtresse. Ma parole, tu es en train de manger ! Tu sembles avoir oublié la **RÈGLE NUMÉRO 10** du *Code du* bon détective privé : « NE JAMAIS SUPPRIMER DES INDICES. »

Et pour plus de précision, j'ajouterais : « NE JAMAIS LES DÉVORER ! »

Le *Code du bon détective privé*, rédigé par Agatha Biscuit, compte actuellement trente-quatre règles, et elle en ajoute continuellement…

Mort de honte, je laisse tomber ce que je suis en train de croquer. Dame Agatha s'en empare et l'examine.

— Mais je la reconnais ! C'est une… croquette pour chien CROQUEFIDO ! dit ma maîtresse. Ta marque préférée ! Je comprends que tu n'aies pas pu résister, Flic. Je te pardonne, car, sans ton aide, je ne l'aurais jamais repérée parmi les mauvaises herbes…

Évidemment, **J'AI DU NEZ, DU PIF, DU FLAIR !**

Dame Agatha ramasse soigneusement les restes de nourriture sur le sol et les met dans un petit sac.

Comme nous allons partir, une voiture de police s'arrête en toussotant devant le centre communautaire.

CHAPITRE 4

TEL EST PRIS QUI CROYAIT PRENDRE

Le sergent-détective Duquette sort de son véhicule et regarde autour de lui en remontant le col de son imperméable et en ajustant son chapeau mou. Depuis qu'il est détective, il essaie de toutes ses forces d'avoir une allure digne de l'emploi. Il est accompagné par BOUBOULE, un chien policier féroce qui ne le quitte jamais.

— **SAC À PAPIER !** grommelle-t-il en nous apercevant. Pas encore cette vieille bique avec son chien-chien ridicule !

Vous avez compris que la « vieille bique », c'est dame Agatha, et que le « **CHIEN-CHIEN RIDICULE** », c'est moi !

Le sergent Duquette a en effet des préjugés envers les dames âgées ainsi qu'envers les chiens qui pèsent moins de vingt kilos et qui portent un petit manteau… De plus, il a horreur que l'on se mêle de ses enquêtes.

— Qu'est-ce que vous faites ici ? demande-t-il sans la moindre amabilité.

— **GRRR !** grogne Bouboule en me montrant les dents.

S'il croit m'impressionner, ce molosse sans cervelle, il se trompe. Nous, les chihuahuas, sommes peut-être minuscules, mais notre courage est très grand.

— Tiens ! Bonjour, sergent Duquette. J'espère que vous allez bien, dit ma maîtresse. **BELLE JOURNÉE !** J'en profite pour promener mon chien.

— Ou plutôt pour vous mêler de ce qui ne vous regarde pas ! riposte le sergent.

— Vous me connaissez, je n'oserais pas, répond dame Agatha. Mais je n'ai pas pu m'empêcher de remarquer cette vitre brisée. Le voleur s'est sûrement introduit par là, dit-elle en montrant la fenêtre du doigt.

— **IMPOSSIBLE**, lance le sergent Duquette. Cette fenêtre est bien trop petite. Je vais vous montrer, ajoute-t-il en essayant de se glisser dans l'ouverture.

Il se contorsionne, entre le haut du corps, mais ne peut aller plus loin.

— Je vous l'avais bien dit, ça ne passe pas, conclut-il d'un ton victorieux.

Avant de réaliser qu'il est bel et bien… coincé !

— Nous allons tout de suite chercher de l'aide, sergent Duquette, s'écrie ma maîtresse en s'éloignant. Soyez patient !

— SAC À PAPIER ! Cette vieille bique et son chien-chien vont me le payer !

CHAPITRE 5

UN INDICE BONDISSANT !

Une fois le pauvre sergent tiré de sa fâcheuse position par les pompiers, nous rentrons à l'agence. Toutes ces émotions nous ont ouvert l'appétit. **DAME AGATHA** se dirige tout droit vers la cuisinette au fond du bureau.

— Tiens, Flic, tu as bien mérité des croquettes CROQUEFIDO, me dit ma maîtresse en me tendant un bol.

À l'instant précis où ma maîtresse s'installe dans son fauteuil, une tasse de thé à la main, on frappe à la porte. Comme tous les jours à la même heure, ou presque, c'est ERNESTINE, notre voisine. Elle est accompagnée du petit Jules, qu'elle garde pour la journée.

— Ah ! J'arrive au bon moment, s'exclame Ernestine, l'air faussement surpris. J'ai apporté quelques tranches de mon célèbre gâteau aux canneberges.

Le gâteau aux canneberges d'Ernestine est en effet célèbre et lui a valu plusieurs prix à des concours de pâtisserie.

— **JULES**, va t'amuser avec Flic, dit-elle à son filleul.

Moi, je ne demande pas mieux !

Puis, se tournant vers ma maîtresse, elle ajoute :

— Ma chère, je devine que vous êtes sur une nouvelle affaire. Racontez-moi tout!

Pendant ce temps, Jules sort une petite **BOULE ROUGE** de sa poche. Il la lance, je la rattrape au vol et je la lui rapporte. Nous, les chihuahuas, sommes peut-être minuscules, mais notre dextérité est très grande! Jules et moi nous amusons follement. Jules pousse des cris excités, moi quelques **JOYEUX ABOIEMENTS**, ce qui attire l'attention d'Ernestine.

— Jules, où as-tu pris cette balle? demande-t-elle.

— Je l'ai trouvée.

— Où?

— Derrière le « centramunautère ».

— Tu veux dire le « centre communautaire », corrige dame Agatha, soudain intéressée. Flic, je crois que nous venons de découvrir un **NOUVEL INDICE!**

CHAPITRE 6
RÈGLE NUMÉRO 1

Après le départ des deux visiteurs, dame Agatha me regarde avec sérieux et dit :

— Maintenant, Flic, récapitulons !

Je comprends que le **VRAI TRAVAIL** commence.

— Voici ce que nous savons, continue ma maîtresse.

Sur un grand tableau, elle écrit :

→ LES CASQUETTES ONT ÉTÉ VOLÉES.

→ LES MUSICIENS DE LA FANFARE
JOUENT MAL LORSQU'ILS N'ONT PAS
LEURS CASQUETTES.

→ ILS DOIVENT PARTICIPER À UNE
COMPÉTITION TRÈS IMPORTANTE
DANS UNE SEMAINE.

→ LA FENÊTRE BRISÉE EST TROP PETITE
POUR QUE QUELQU'UN AIT PU Y PASSER.

→ UN ANIMAL À QUATRE PATTES EST
ENTRÉ DANS LE CENTRE COMMUNAUTAIRE.

→ LA PERSONNE RESTÉE À L'EXTÉRIEUR
AVAIT DE GRANDS PIEDS.

Elle étale ensuite les **INDICES** sur le bureau : un croquis des traces de boue laissées par l'animal à quatre pattes, des restes de nourriture Croquefido, un décalque d'empreintes de chaussures, une petite boule rouge. Elle y ajoute le programme du Festival de l'automne ramassé au centre communautaire.

Puis, dame Agatha et moi, nous **RÉFLÉCHISSONS**. Règle numéro 1 du *Code du bon détective privé* : « Réfléchir ! Réfléchir ! Et encore réfléchir ! »

— Comme c'est étrange! dit soudain dame Agatha en mesurant les empreintes de chaussures. Aucun être humain n'a d'aussi grands pieds. Qu'en penses-tu, Flic?

C'est là qu'il me vient une idée de génie! Nous, les chihuahuas, sommes peut-être minuscules, mais notre intelligence est très grande. Je saisis la petite **BOULE ROUGE** dans ma gueule et je l'agite.

— Voyons, Flic, ce n'est pas le moment de jouer à la **BALLE**, me rabroue ma maîtresse.

J'appuie alors mon museau contre la boule rouge, puis je relève la tête.

— Tu as tout à fait raison, Flic, dit ma maîtresse qui comprend enfin ce que j'essaie de lui expliquer. Ce n'est pas une simple boule rouge, c'est… un nez! Et qui a un **GROS NEZ ROUGE** et de grands pieds?

Dans ces moments-là, je regrette de ne pas savoir parler. Car je connais la réponse.

— **UN CLOWN**, bien sûr! s'exclame ma maîtresse. Bravo, Flic! Je n'y aurais jamais pensé toute seule...

Évidemment, **J'AI DU NEZ, DU PIF, DU FLAIR!**

— Maintenant, voyons voir à qui appartiennent ces empreintes de pattes d'animal, dit ma maîtresse.

Elle saisit son grand livre intitulé *Guide des animaux sauvages et domestiques à l'usage des détectives privés* et repère enfin ce que nous cherchons en haut de la page 197.

— Ce sont des empreintes de pattes de cochon. Mais un cochon serait bien trop gros pour passer par une aussi petite fenêtre… À moins… Bien sûr ! Il ne s'agit pas de n'importe quel cochon, mais d'un **COCHON NAIN !** Je crois que nous avons maintenant une idée juste de ce à quoi ressemblent nos suspects.

CHAPITRE 7

LE SERGENT DUQUETTE EST DANS LES PATATES

Le téléphone sonne à ce moment précis. Dame Agatha court répondre. Elle et moi sommes très fiers de posséder un magnifique téléphone à cadran, modèle dernier cri.

C'est Ernestine, paniquée.

— Faites quelque chose! Le sergent Duquette vient d'arrêter ROMÉO. Vous savez bien, Roméo est le concierge du centre communautaire, le frère de Gaston. Gaston est le fiancé de Georgette. Georgette est la tante de Gustave. Gustave est mon petit-fils. Roméo fait presque partie de la famille! Je suis certaine qu'il y a UNE ERREUR...

— Et pourquoi le sergent Duquette croit-il que Roméo est le coupable? demande dame Agatha.

— Il surveillait l'entrée du centre communautaire samedi et, comme des traces de **PATTES D'ANIMAL** ont été trouvées dans la pièce, le sergent Duquette est convaincu que Roméo a fait le coup avec sa chienne Loulou.

Je pousse un jappement de réprobation. Accuser la gentille Loulou, **QUEL CULOT** !

— Ne vous inquiétez pas, dit ma maîtresse. Flic et moi, nous savons déjà que Roméo et Loulou ne sont pas les voleurs. À moins qu'ils ne se déguisent en clown et en cochon.

— En clown ? Jamais ! Roméo est bien trop sérieux pour ça.

Moi, je pense : « Loulou, en cochon, quel affront ! »

— Nous n'allons pas tarder à trouver le **VRAI COUPABLE**, dit ma maîtresse avant de raccrocher.

Puis elle se tourne vers moi. Je sens qu'elle va me livrer ses conclusions.

— Voilà comment ça s'est passé, commence-t-elle. Le coupable est un **CLOWN**. Il a fracassé la fenêtre arrière du centre communautaire et a fait le guet pendant que son **COCHON NAIN** pénétrait à l'intérieur et rapportait, une à une, les casquettes des Cymbales de Saint-Archibald.

Pour chaque casquette rapportée, son maître lui donnait un peu de **NouRRITURE** Croquefido pour le récompenser. Et le manège a continué jusqu'à ce que l'animal ait rapporté toutes les casquettes. Par malheur, en s'affairant, le clown a perdu son nez.

C'est exactement ce que j'aurais dit si j'avais pu parler.

CHAPITRE 8
UN CLOWN TRISTE

Lorsque j'ouvre un œil le lendemain matin, j'aperçois ma maîtresse en train de scruter le programme des activités du Festival de l'automne.

— Viens voir ça, Flic, me dit-elle.

Je cours lire le texte qu'elle a encerclé :

**14 HEURES
Spectacle du clown Fripon
et de son cochon nain**

— Ce Fripon est sûrement le fripon que nous recherchons, dit dame Agatha. Il a fait le coup avant son spectacle. Il ne reste plus qu'à lui mettre la main au collet !

Au dos du programme, il y a une publicité : « Pour embaucher Fripon et son cochon, rendez-vous à sa roulotte, rue Barnabé, à côté du casse-croûte La frite enchantée. »

— C'est à peine à une demi-heure en tramway, annonce dame Agatha. Allons-y, Flic !

Et nous voilà partis.

Au moment où nous

allons frapper à la porte de la

roulotte, elle s'ouvre ! **FRIPON** et

son **COCHON** s'apprêtaient

justement à sortir. Ils ressemblent

comme deux gouttes d'eau au portrait

tracé par ma maîtresse, le nez en

moins... Fripon s'est simplement

maquillé le nez.

— **BONJOUR**, dit dame Agatha.

Nous vous rapportons quelque

chose que vous avez perdu.

Et elle sort de sa poche la **PETITE BOULE ROUGE**. Voyant cela, Fripon devine ce qui l'attend. Il prend ses jambes à son cou, tirant au bout de sa laisse son cochon nain qui pousse des couinements apeurés. Je les talonne en jappant furieusement, suivi de ma maîtresse, qui hurle :

— **ARRÊTEZ-LES !** Arrêtez-les !

Les deux coupables vont réussir à s'échapper lorsque, soudain, une voiture de police leur barre le chemin.

CHAPITRE 9
QUI EST LE COUPABLE ?

Le sergent Duquette en descend en grommelant :

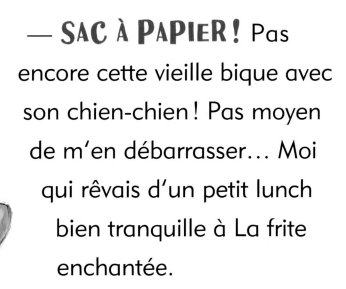

— **SAC À PAPIER !** Pas encore cette vieille bique avec son chien-chien ! Pas moyen de m'en débarrasser… Moi qui rêvais d'un petit lunch bien tranquille à La frite enchantée.

— Il faut les arrêter, sergent Duquette, dit dame Agatha. Ce sont eux qui ont volé les casquettes des Cymbales de Saint-Archibald, et non Roméo.

Pris au piège, le clown et son cochon se rendent sans résister. Le sergent Duquette passe les menottes au clown qui proteste faiblement :

— **Je ne suis pas coupable !**

— C'est ce que nous allons voir, grogne le sergent.

Nous repartons à la **QUEUE LEU LEU** vers la roulotte, le clown, le cochon, le sergent Duquette, dame Agatha et moi. Bouboule ferme la marche en montrant les dents.

— **ATTENDEZ-MOI** dehors, nous ordonne le sergent. Moi, je vais fouiller l'intérieur.

Puis, se tournant vers son chien :

— Bouboule, ne laisse personne s'échapper.

Il en ressort quelques minutes plus tard, les bras chargés de CASQUETTES.

— J'aimerais bien savoir comment vous expliquez ça, dit-il au clown.

À ces mots, Fripon éclate en sanglots. C'est la première fois que je vois un clown pleurer!

— Je vais tout vous raconter, gémit le clown. La semaine dernière, quelqu'un a sonné à ma porte. C'était M. PISTON, le directeur de la fanfare Les Trompettes de Sainte-Bernadette. Il m'a demandé de profiter de ma présence au Festival de l'automne pour voler les casquettes des **Cymbales de Saint-Archibald**. De cette façon, les Cymbales seraient très perturbées. Et les Trompettes seraient sûres de gagner. Je ne suis pas un voleur. Je voulais refuser. Mais M. Piston n'est pas seulement le directeur de la fanfare. Il est aussi le propriétaire de la boucherie Cochon rôti. Il m'a menacé de faire du **JAMBON** avec mon cochon! J'ai eu peur. Ce cochon, c'est mon seul ami…

Le cochon nain se met alors à pousser des couinements si affectueux et si déchirants que nous en sommes tous bouleversés. Même le sergent Duquette écrase une larme en ronchonnant :

— **SAC À PAPIER !** Ce M. Piston va croupir en prison, parole de sergent Duquette ! Je vais libérer Roméo sur-le-champ. Quant à vous, clown Fripon, je veux bien oublier ce que vous avez fait, mais ne recommencez plus.

Fripon verse des pleurs de soulagement. Son cochon **GROGNE** de satisfaction !

Dame Agatha et moi devons reconnaître que le sergent Duquette a pris la bonne décision…

CHAPITRE 10

LE SERGENT DUQUETTE A LA MÉMOIRE COURTE

Quelques jours plus tard, dame Agatha et moi lisons ensemble le journal du matin avant de nous mettre au travail, lorsqu'un article attire notre attention :

Les Casquettes des Cymbales de Saint-Archibald enfin retrouvées

Grâce au travail acharné du sergent-détective Duquette, les casquettes des Cymbales de Saint-Archibald ont été retrouvées. Le responsable du vol, M. Piston de Sainte-Bernadette, a été mis sous les verrous. Nos musiciens ont participé à la Grande Compétition nationale des fanfares locales. Et ils ont gagné ! **Bravo au Sergent Duquette et aux Cymbales !**

— Il semble que le sergent Duquette ait oublié de mentionner que nous l'avons un peu aidé, me dit ma maîtresse. Mais, Flic, nous savons bien, toi et moi, que c'est **L'ÉQUIPE QUI A DU FLAIR** qui a résolu cette affaire.

C'est exactement ce que j'aurais dit si j'avais pu parler...

Sur ce, dame Agatha sort son stylo plume et son grand cahier. Elle consigne soigneusement toutes nos enquêtes, en songeant que peut-être, un jour, elle en fera un roman. Je grimpe sur son épaule et je lis : LA MYSTÉRIEUSE AFFAIRE DES CASQUETTES.

FIN

De la même auteure

SÉRIE DRÔLES DE FAMILLES

8 titres parmi lesquels :

La famille Bricabrac, Dominique et compagnie, 2015.

La famille Dentsucrée, Dominique et compagnie, 2015.

La famille Poucevert, Dominique et compagnie, 2015.

Le ballon d'Émilio, Les 400 Coups, 2015.

La petite truie, le vélo et la lune, Les 400 Coups, 2014.

« La méchante petite poulette », dans *La vengeresse masquée et le loup*, Les 400 Coups, 2014.

La moustache du grand-oncle Eustache, Imagine, 2013.

La grève du bain, Les 400 Coups, 2012.

Le yéti s'ennuie, Imagine, 2012.

Où s'est caché le sommeil ?, Les 400 Coups, 2012.

L'année des sorcières, Imagine, 2011.

Comment devenir un parfait chevalier en 5 jours, Imagine, 2008.

Le roi Gédéon, coll. Cheval masqué, Bayard, 2008 [Raton Laveur, 1988].

Le merveilleux de A à Z, Imagine, 2007.

Comment devenir une parfaite princesse en 5 jours, Imagine, 2006.

Jacques et le haricot magique, Imagine. 2005.

Le roi voleur d'histoires, Imagine, 2005.

Maman s'est perdue, Les 400 Coups, 2005.

La Visite, coll. Modulo Jeunesse, Raton Laveur, 1999.

Au lit, princesse Émilie !, Raton Laveur, 1995.

Nom de nom !, Raton Laveur, 1992.

Mademoiselle Gertrude, Raton Laveur, 1989.

Pierrette Dubé

AUTEURE

Auteure de plus d'une vingtaine de livres pour enfants, dont plusieurs sont traduits et offerts dans différents pays, Pierrette Dubé a d'abord fait carrière en tant que traductrice et réviseure. Elle a reçu des prix prestigieux, tels que le Prix jeunesse des libraires 2015 dans le volet album québécois (*La petite truie, le vélo et la lune*), le Prix Québec/Wallonie-Bruxelles de littérature de jeunesse 2007 (*Maman s'est perdue*) ou le Prix du livre M. Christie en 1995 (*Au lit, princesse Émilie !*). Qu'elles mettent en scène enfants ou animaux, rois ou princesses, ses histoires font toujours place à la fantaisie et à l'humour.

Jean-Luc Trudel

ILLUSTRATEUR

Jean-Luc Trudel partage son temps entre l'illustration d'albums jeunesse et la fabrication de scénarios illustrés pour le monde de l'animation. Sous son pinceau et sa souris d'ordinateur, les univers prennent vie, incomparablement touchants et remplis de personnages chaleureux et de décors lumineux ou inquiétants.